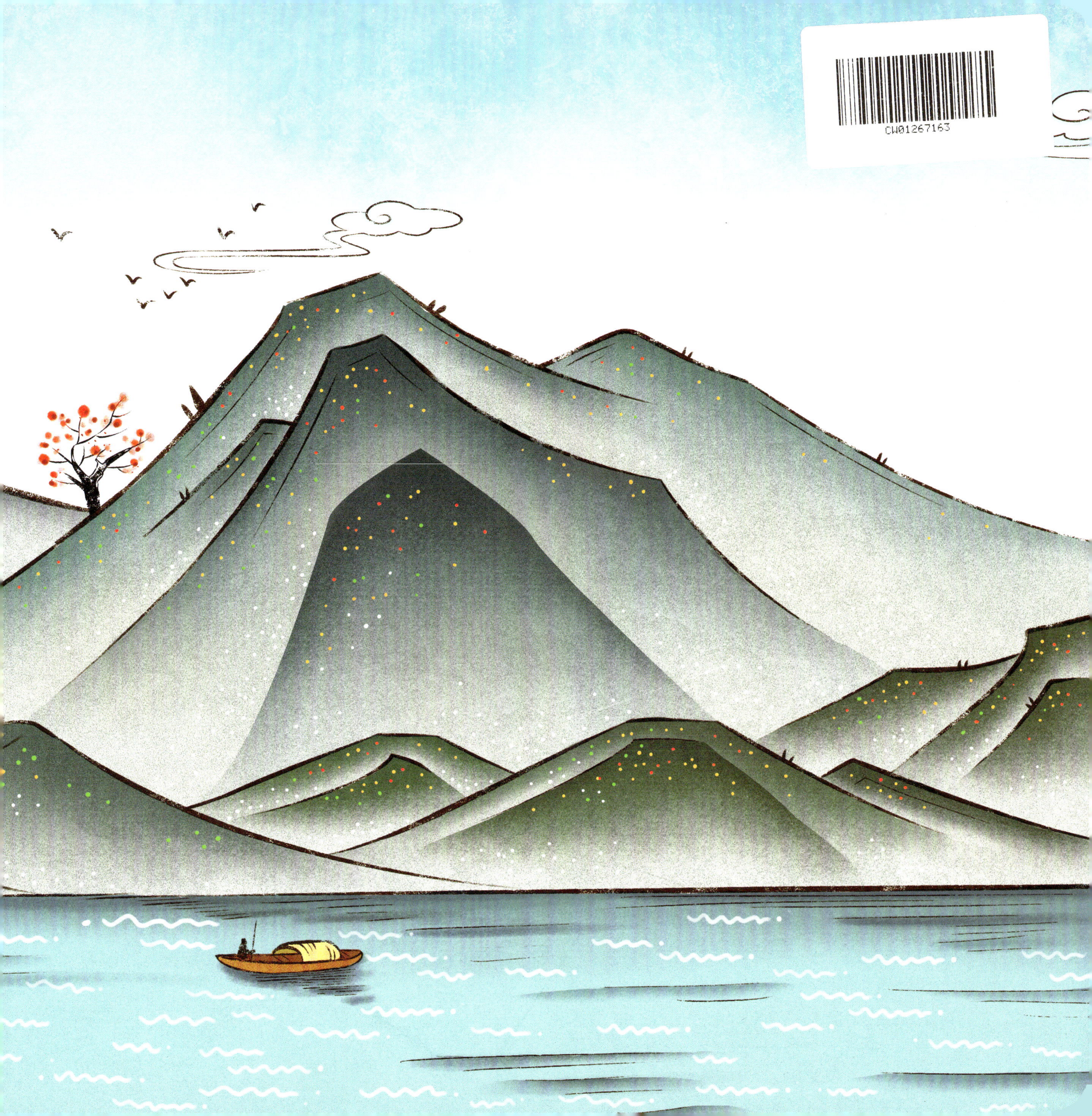

图书在版编目（CIP）数据

愚公移山 / 爱德少儿编绘. — 杭州：浙江人民美术出版社，2020.4
（中国优秀传统文化故事绘本）
ISBN 978-7-5340-7844-6

Ⅰ. ①愚… Ⅱ. ①爱… Ⅲ. ①儿童故事－图画故事－中国－当代 Ⅳ. ①I287.8

中国版本图书馆 CIP 数据核字（2019）第 290319 号

责任编辑：张陈丽
责任校对：程　璐
装帧设计：爱德少儿
责任印制：陈柏荣

中国优秀传统文化故事绘本　　愚公移山　　　　　爱德少儿　编绘

出版发行：浙江人民美术出版社
地　　址：杭州市体育场路 347 号
经　　销：全国各地新华书店
制　　版：武汉市新新图书有限公司
印　　刷：武汉新鸿业印务有限公司
版　　次：2020 年 4 月第 1 版
印　　次：2020 年 4 月第 1 次印刷
开　　本：787mm × 1092mm　1/12
印　　张：2.333
字　　数：20 千字
书　　号：ISBN 978-7-5340-7844-6
定　　价：15.00 元

（如发现印装质量问题，影响阅读，请与承印厂联系调换。）

·中国优秀传统文化故事绘本·

愚公移山

爱德少儿　编绘

浙江人民美术出版社

传说很久以前，在冀州的南面，河阳的北面有一座太行山和一座王屋山。两座大山高耸巍峨，直入云霄，方圆七百里内山势起伏，绵延不绝。

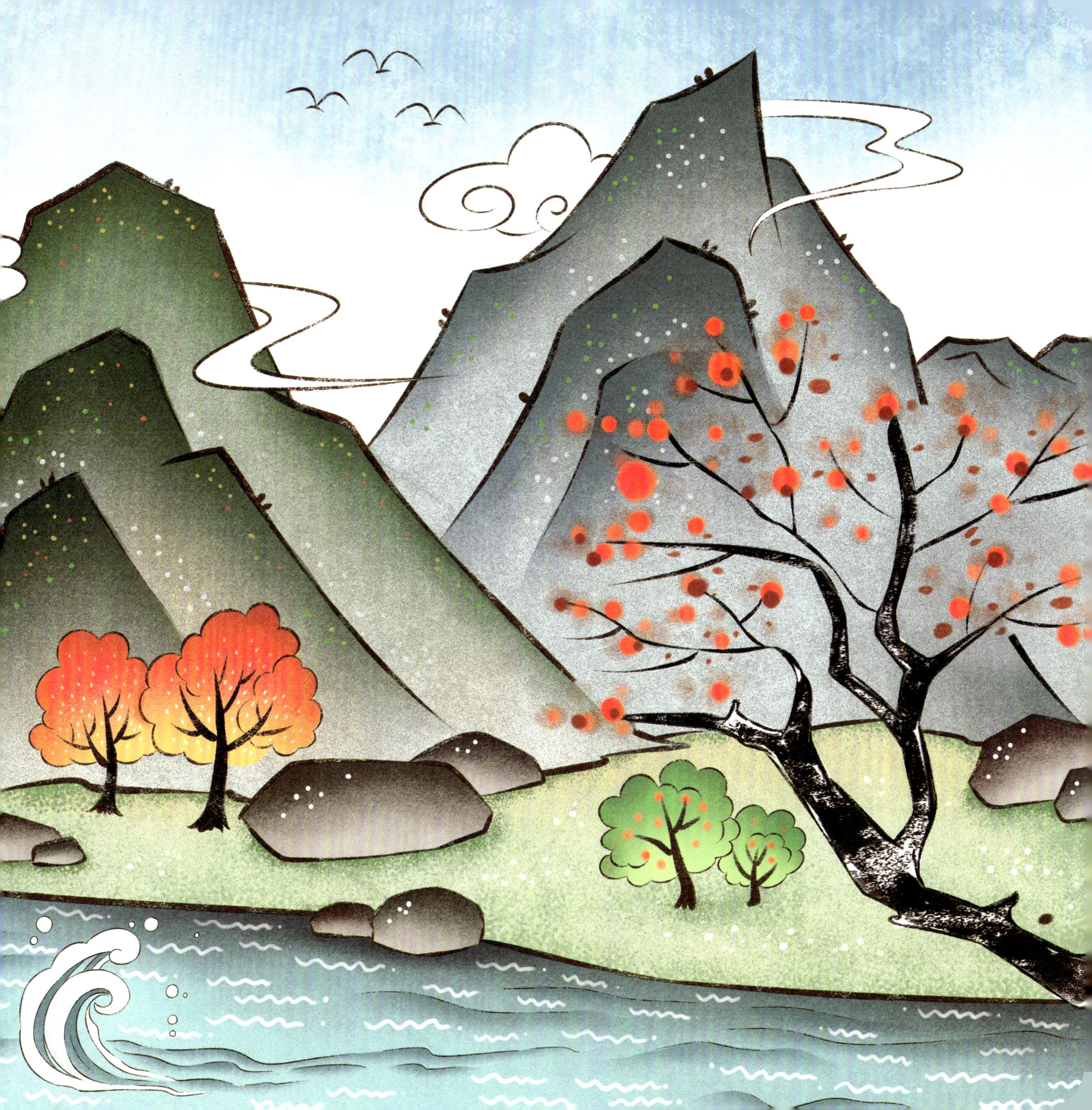

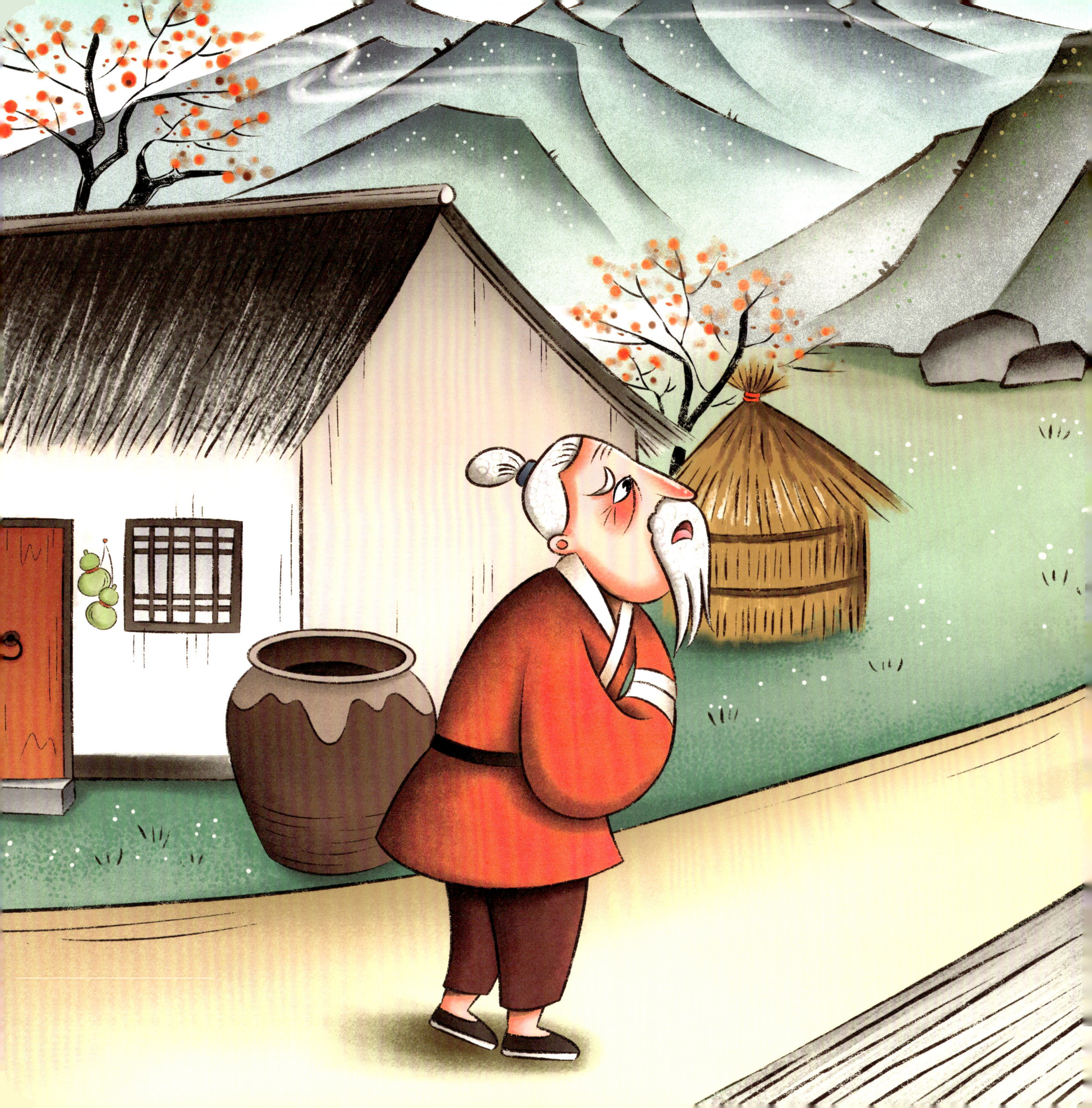

北山脚下住着一位年近九十的老人，大家都叫他愚公。他家的房屋正对着两座险峻的高山，一家人每天出行都要绕很远的路，十分不便。

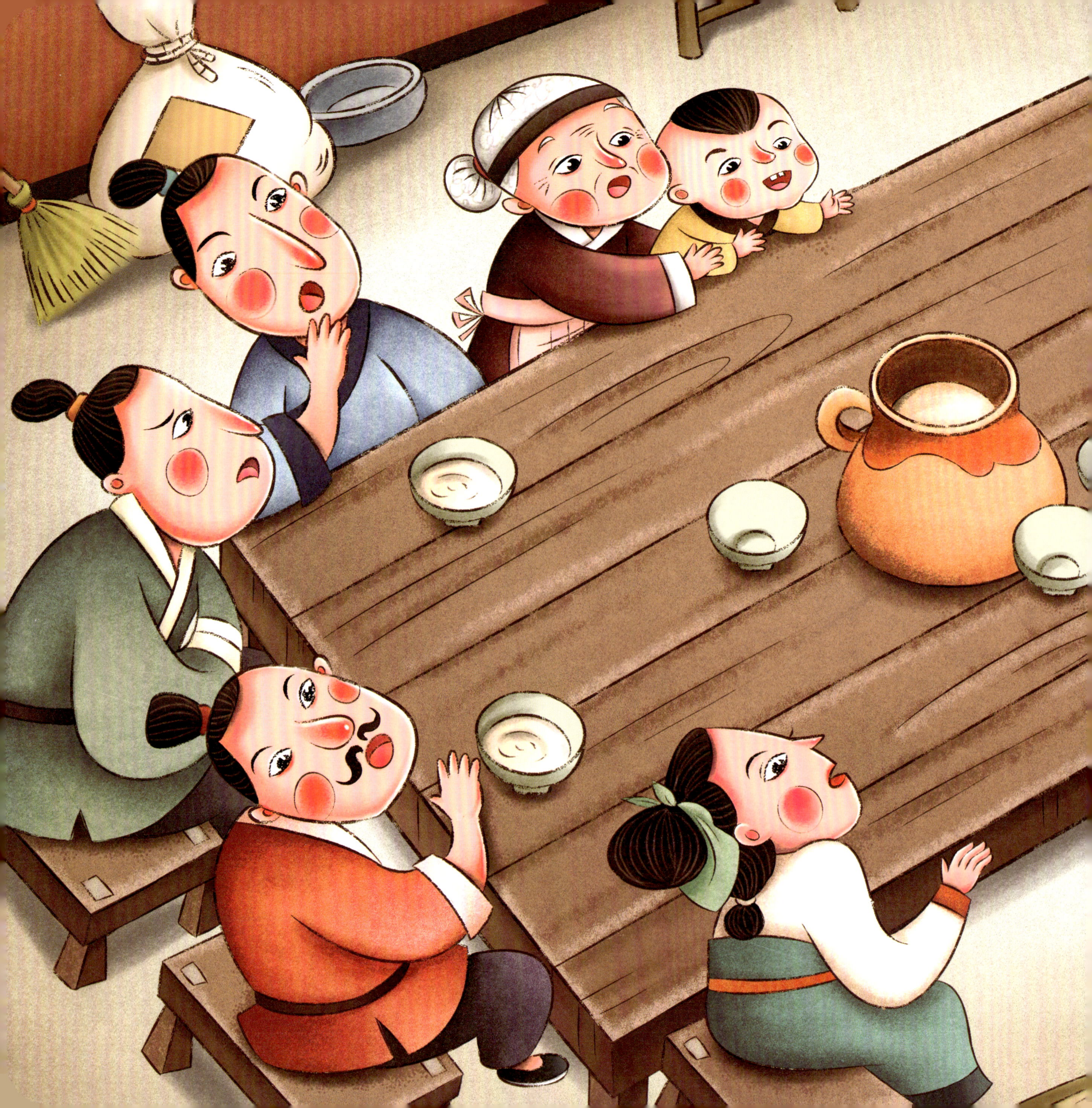

于是，愚公召集全家人来商量："不如我们将这两座大山挖平，让道路一直通向豫州南部，到达汉水南岸，你们觉得怎么样？"众人长年在迂回曲折的山路上行走，饱受其苦，此刻一听，都说这是个好主意。

可他的妻子却担忧地问："凭你的力气，连座小山丘都无法铲平，怎么能挖平太行山、王屋山这两座高山呢？而且从高山上挖出来的石块和泥土要堆在哪里呢？"

愚公的儿孙们在一旁说道："我们年轻力壮，有的是力气，可以帮忙挑担挖土呀！至于石块和泥土，只要把它们扔到渤海的岸边就可以了。"

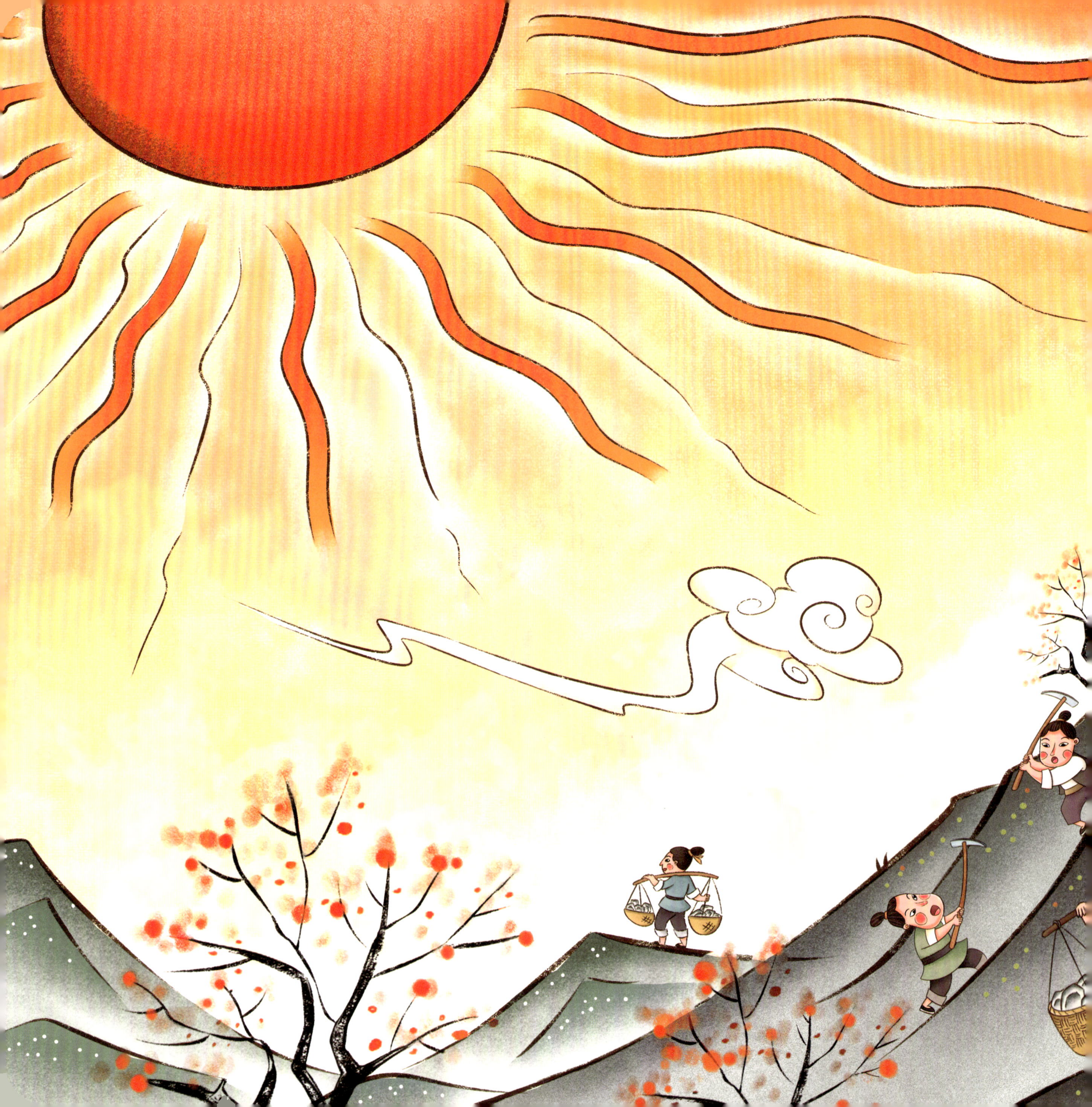

第二天，愚公便带领着儿孙们扛着锄头、挑着担子上了山，在炎炎烈日下热火朝天地忙碌起来。他们凿开坚硬的山石，挖起厚实的泥土，再用竹筐将它们运到渤海边上。

愚公邻居家有个七八岁的小男孩，他也拿着工具，蹦蹦跳跳地跑去帮忙。

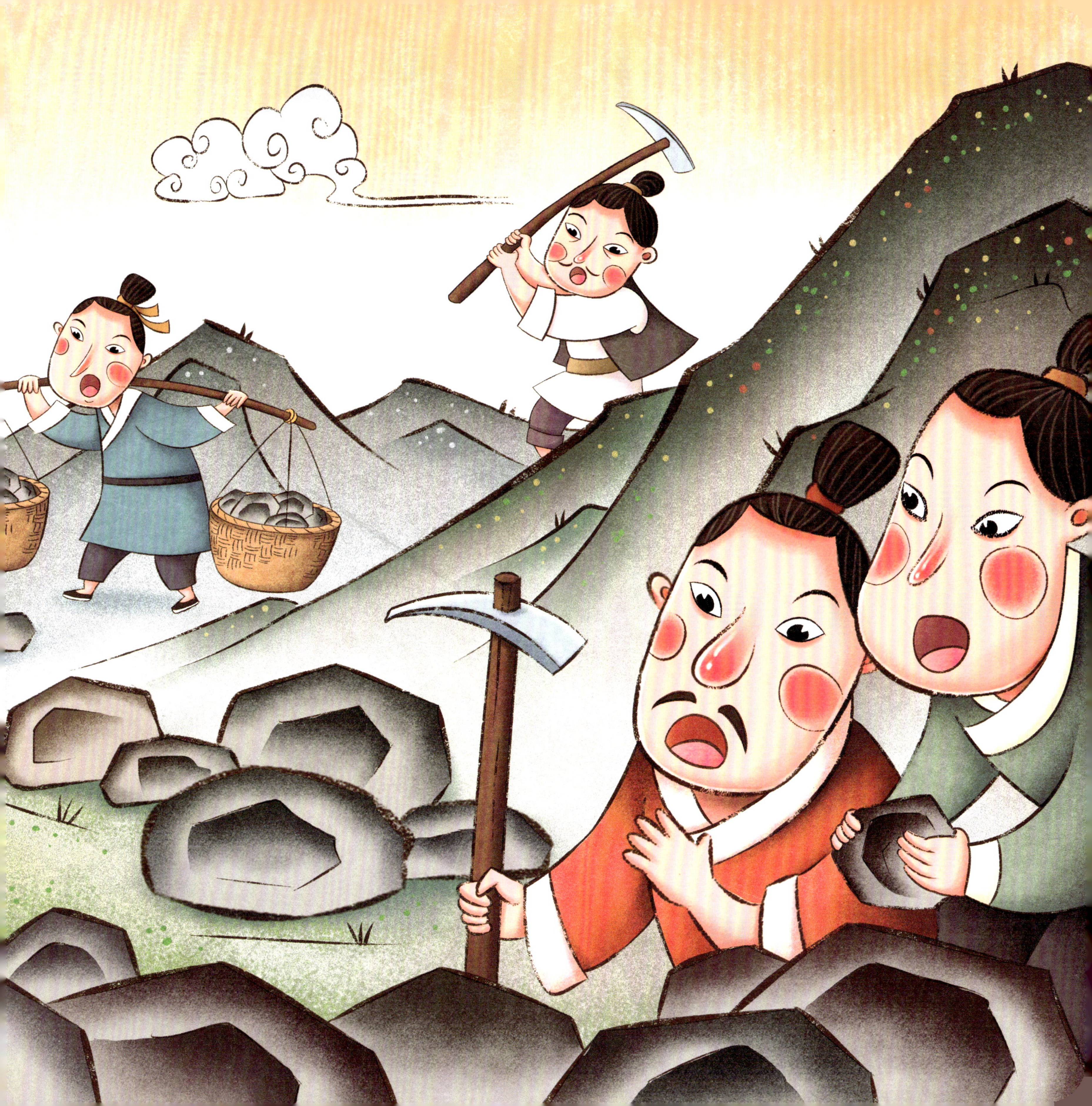

其他村民听说了愚公移山的事,也纷纷赶来。大家齐心协力一起挖山,那场面别提有多壮观啦!无论寒冬酷暑,他们每天都起早贪黑地干活儿,从未停歇。

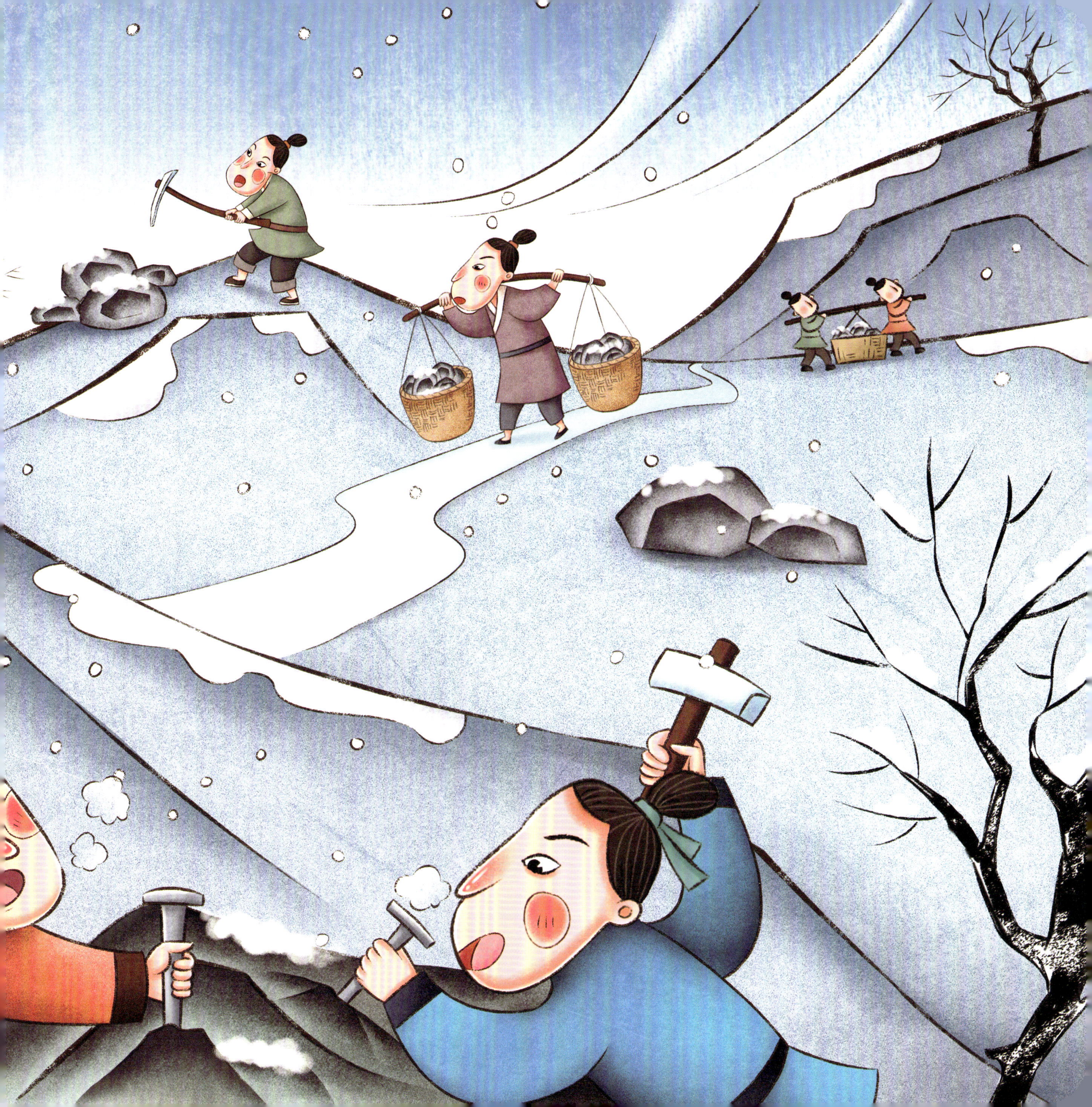

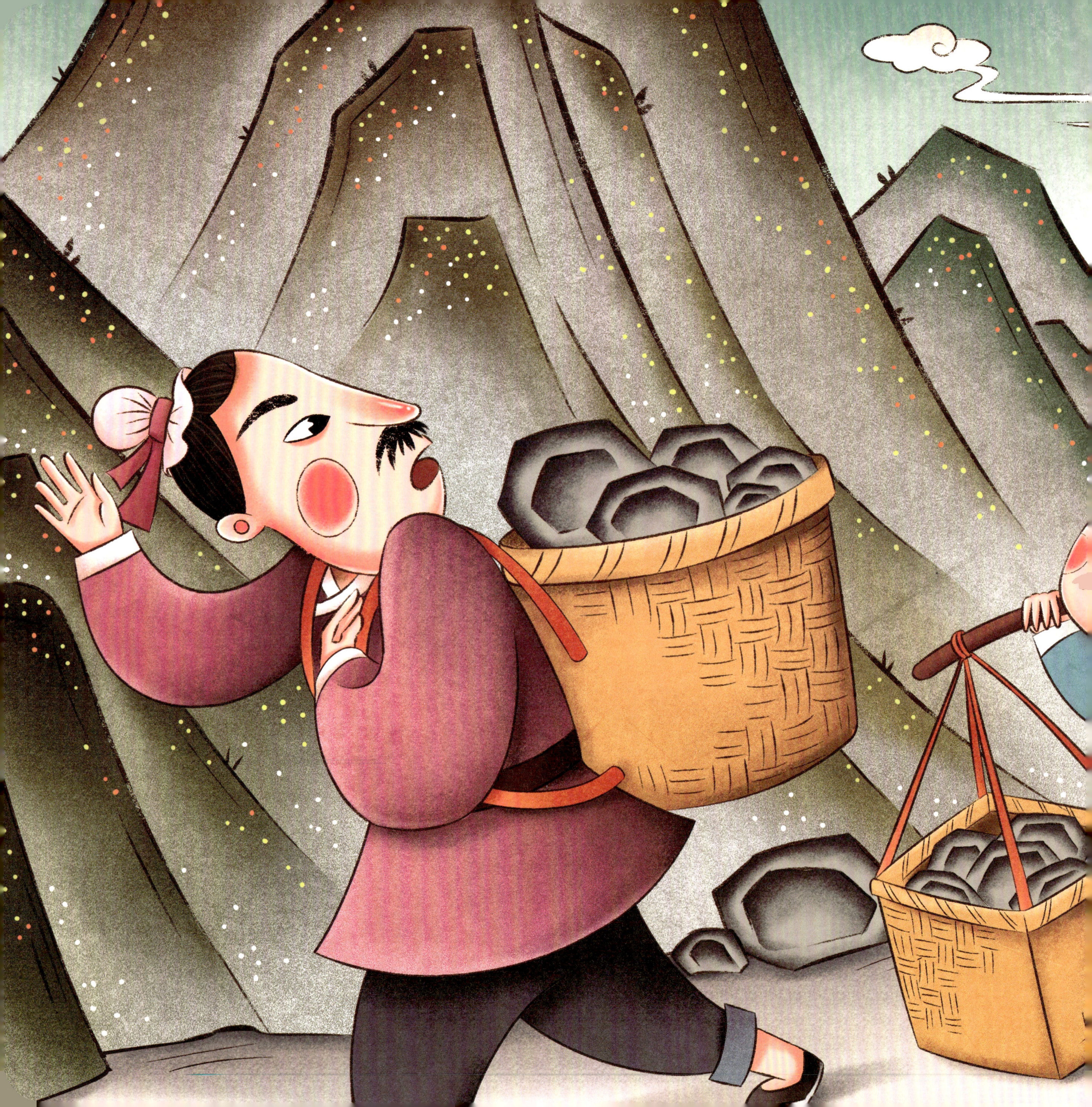

可即使这样，一年的时间里，运石块和泥土到渤海岸边的人也只能往返一次，十分辛苦。

当地有个聪明的老人被大家称为智叟。看到村民们一年四季都忙着挖山运土,他觉得十分好笑,忍不住在一旁冷嘲热讽。他嘲笑愚公道:"你真是太愚蠢了!像你这样的年纪,又怎么可能把山上的石块和泥土都搬走呢?"

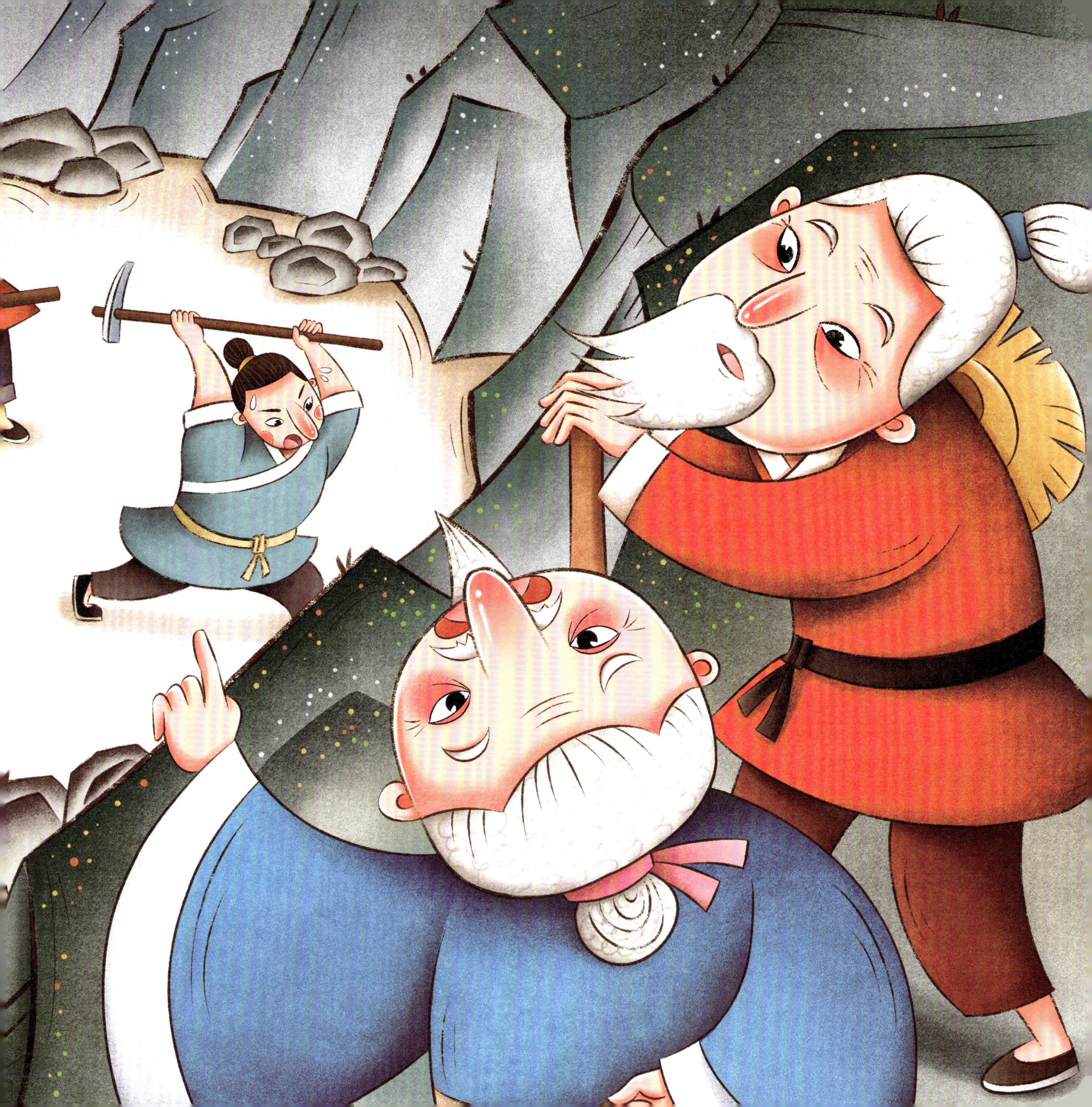

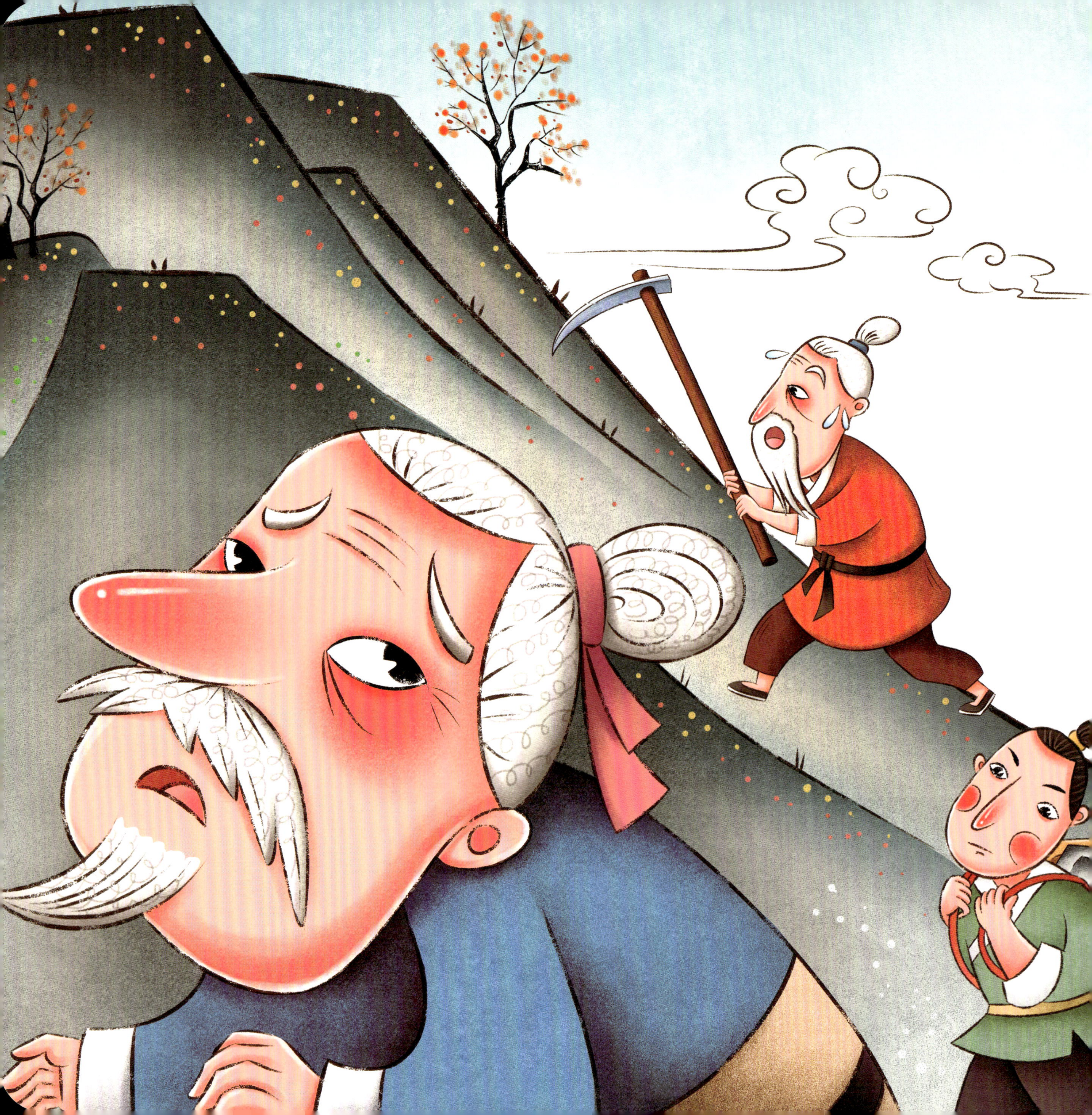

愚公长叹了一口气:"你的思想居然顽固到了这个地步,连小孩子都不如。即使我死了,还有儿孙在呀,子子孙孙无穷无尽,可是山不会增高,还怕挖不平吗?"智叟涨红了脸,一句话也说不出来,默默地离开了。

山神听说了这件事，害怕愚公没完没了地挖下去，连忙向天帝报告。

天帝被愚公的诚心所感动，便派大力神的两个儿子把太行山和王屋山背走了。

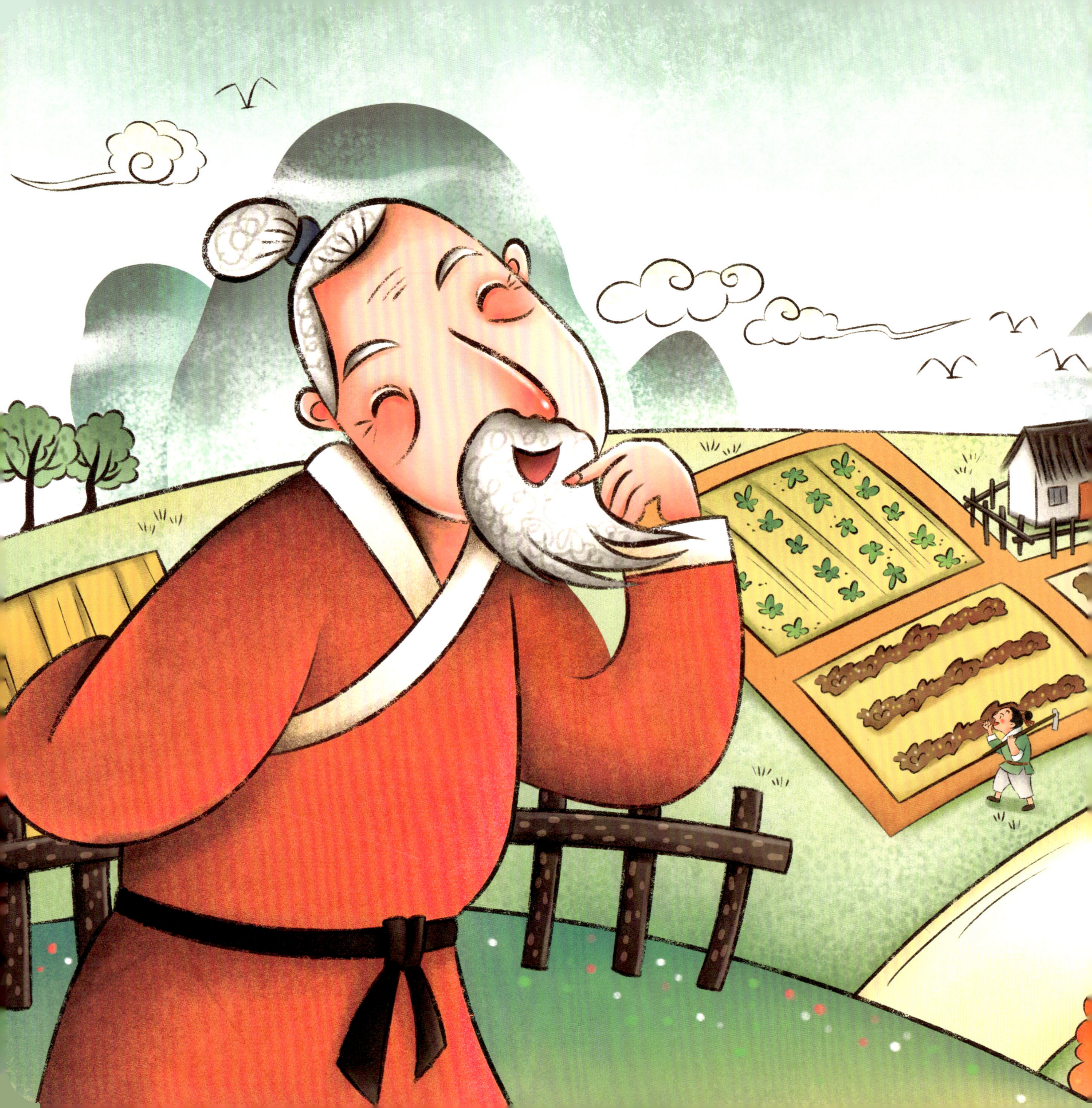

从此以后，从冀州南部到汉水南岸再也没有高山阻隔，百姓在此安居乐业。而愚公一家出入也方便了，他们过上了幸福美满的日子。

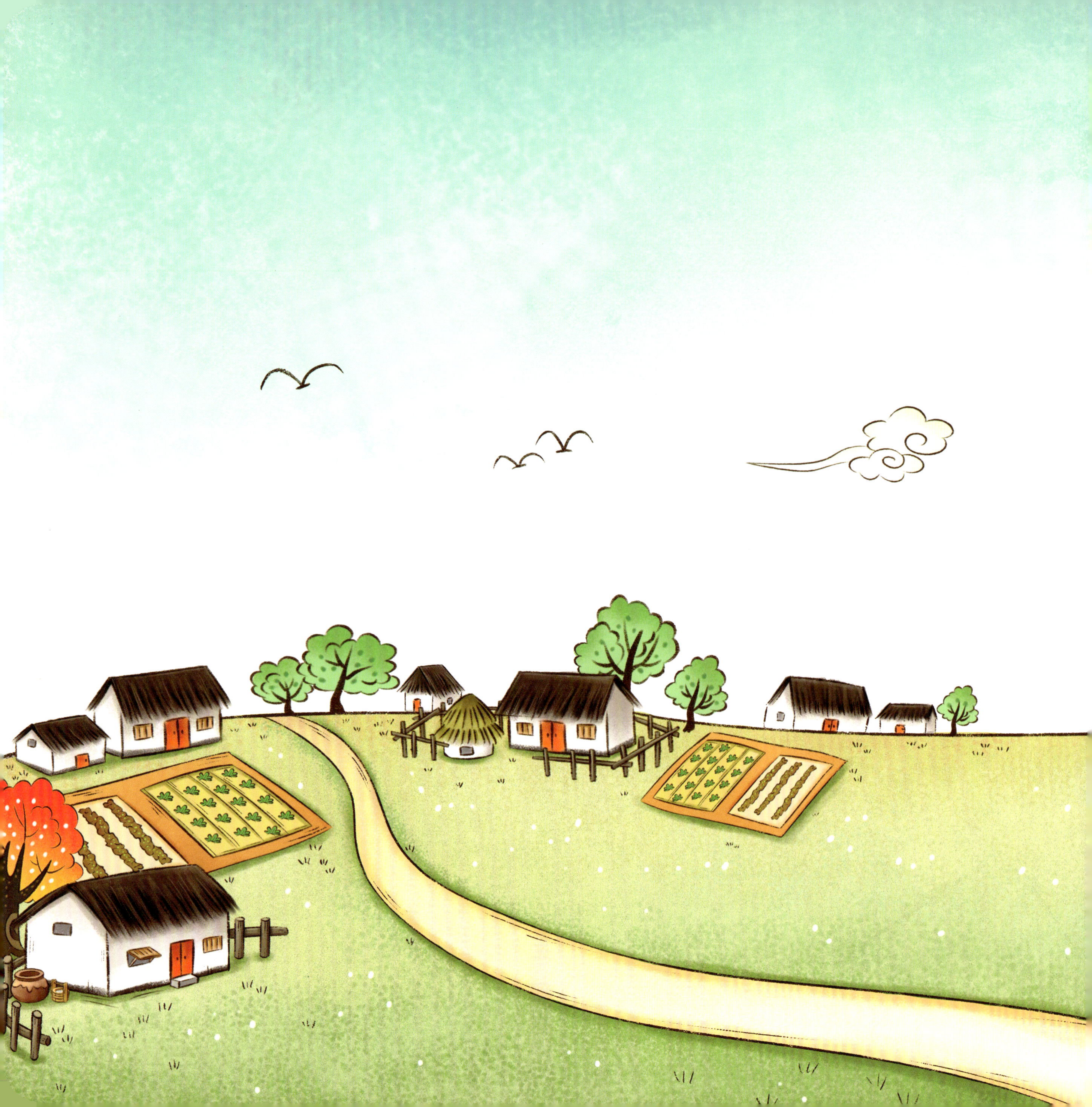